생선 가시에 걸린 봄

정웅규 시집

다솜출판사

시인의 말

1962년 유년시절 시인 오규원 선생과 동거를 한 학장동 촌집이 새록새록 떠오른다.

1990년 시와 비평(발행인 최종섭)에서 운영한 문예창작교실에서 시를 지도해 준 문학평론가 김준오 박사의 산소를 찾아간 시론동인(김광자 시인등)들이 생각난다.

1992년 다듬시 동인 7집 '은행나무의 슬픔'에 동인(김경진, 정웅규, 배동욱, 이명숙, 강옥경, 정선영, 송판심, 하명희)활동을 한 배동욱 시인의 시집 '아르고스, 눈을 감다'(작가마을 시인선 049, 2021년)를 읽고, 1986년도 시창작을 시작한 일이 새삼스럽다.

2023년 여름
정웅규

차례

제 1 부

생선 가시에 걸린 봄

생선 가시가 줄기에 걸려
봄은
굶는다.
바싹 마른 계절이 샘을 내듯
다가온다.
산뜻한 변화가 간판 위로
부끄러운 개나리의 손짓에
소나기를 퍼뜨리고 있다.

폭탄

사막 모랫길에서 폭탄을 몸에 품고 절룩거린다. 종일 걷고, 몇 년을 걷는다. 폭탄은 몸에서 떨어지지 않는다. 숨이 가쁘다. 목이 마르고, 배가 고프다. 사막을 횡단하고, 낙타는 마흔의 남자를 삼킨다. 오아시스에서 만난 한 명의 여자가 남는다. 물이 메말라도 폭탄 사고는 없다. 방금 한 여자는 사막을 걸어간다.

첫차

    버스를 기다린다. 출근하는 얼굴을 보면 인사를 나눈다. 손에 든 보따리에 며칠 만에 본다는 익숙함이 깃든다, 정류소의 앉은 자리는 바람이 센 날에는 온기로 찬다. 오 분이 늦다. 섬에서 출발한 버스는 바다 위의 다리를 건너오면서 차츰 늦어진다. 올라탈 여유 공간이 없다. 빽빽한 버스에서 손잡이를 잡은 승차감은 앉은 버스의 빠르기에 달려 있다. 내릴 때를 생각하고 타는 사람은 없다.

천자봉 가는 길

　어머니는 더운 날에도, 아버지는 더운 날에도, 중국으로 일본으로 보따리 장사를 하는 날에도 천문학자를 꿈꾸는 자식을 염려하고, 어머니는 체력이 떨어져 이삿짐을 싸는 것이 힘드시고, 아버지는 어머니가 돌아가신 후 바둑으로 소일을 하면서 냉장고에 있는 소주를 조금씩 마시곤 한다. 아버지의 금고에 든 오만 원. 영안실에서 싸늘한 시신의 이마에는 땀방울이 번쩍거리고, 진해 천자봉으로 향하는 버스에서 미국에서 잠시 나온 형의 키가 커 보여 형은 나를 어린 아이처럼 대하고, 아버지가 천자봉 무덤에서 걸어 나온다.

장마

물 위로 몸이 떠 다닌다. 물속에서 몸을 옆으로 누운 자세로 언덕을 바라본다. 반대쪽으로 집이 모여 있고, 저녁밥을 먹고 복숭아를 먹다가 기도가 막힌다. 이삼일 후에 죽을 사람이 이삼 년 후에 즉사한다고 말을 듣는다. 냇가에서 가뭄이 심해 물고기가 죽은 게 작년인데, 냇물 위로 수박이, 돼지가 떠내려간다. 산으로 가는 길은 물이 올라가고, 돌멩이가 구르는 길을 올라간다. 집 안은 물이 가득차고, 이층으로 오르는 계단으로 물이 올라간다.

형

연어처럼 강을 따라 형은 돌아오지 않는다. 나의 **뺨**을 찰싹 때리는 형을 기억한다. 방안에 누운 형은 목이 말라 약을 가져오라고 한다. 주머니에 돈은 있다. 시장에서 팥을 산다. 냄비에 팥을 넣어 삶는다. 멥쌀은 익어도 팥은 익지 않아 형은 팥을 멀리 하고, 형을 위해 지은 밥을 버린다. 강물에 팥밥을 띄워 형이 고향으로 돌아오기를 기다리고, 이민간 형은 텔레비전 화면 아래 누워 형수를 올려본다.

저수지

올챙이가 자전거를 타고 간다. 자전거 박물관에 전시된 두 바퀴는 폭풍이 불어 더 빨리 달려간다. 물은 수풀을 집어삼킨다. 물이 있는 곳에 가뭄은 없다. 36개월은 군 복무 기간, 36이라는 시간은 이슬비.

철거촌

폐허를 들러본다. 추억은 눈물이다. 폐가구가 쌓여 있다. 재개발이 시작된 골목은 냄새가 난다. 붉은 페인트로 철거라는 글자가 벽에 표시되고, 골목 입구에 공공기관의 사무실은 아직 그대로 있다. 일찌감치 집을 놓아 버린 사람은 몸져 눕는다. 없어질 옛집으로 가자.

택배

승강기 문은 열리지 않는다. 토요일 오후 시를 읽는 나비는 승강기에 매달린 시의 꽃술을 맛보았다. 집 문앞에 놓여 있는 것은 시의 무덤이다. 하루가 지나고 이틀이 지난 날 집 문앞에 배달된 땡감 같은 시가 익어 홍시로 남는다.

할머니 전설

허벅지에 반점이 생긴다. 사람이 계단을 오르고 평지로 발을 내딛는다. 한쪽 다리를 구십도 각도로 올려 자세를 고치고, 허벅지가 하얗다고 느낀다. 일요일 오후 봉래산 할머니 전설을 본다. 반점에 의미가 있다. 효험이 있다. 할머니의 전설이다. 병원에서 검사를 한다. 허벅지의 반점으로 할머니의 효험이 나타난다. 병도 아닌 것도 병원에서 검진을 한다. 할머니의 전설대로 낳지 않는 병은 없다.

여기가 꼭대기라면
아빠! 우린 언제쯤 비정상에 내려갈까?
비정상이라는 말은 없단다.
아빠는 비가 올 때 비도 몰라?
싱싱한 들풀 위로 걸어가고 여기에서
저기 저 을숙도가 내려다보이는 곳,
비정상으로 가자!
아이는 하늘을 향해 걷고 있다.

해외여행

　뉴스에 출국 금지를 당한 정치인에 관한 소식을 전한다. 가족은 출국 금지를 당해도 걱정이 없다. 제주도에 신혼여행을 간 적은 있다. 비행기가 이륙한 후 급상승할 때 여러 개의 봉투에서 부조금을 꺼내 세다가 놀란 일이 생각난다. 가족은 해외로 나간 적이 없다. 아이들은 제주도에 간 적은 없다. 가족은 제주도에 비행기를 타고 갈 계획을 세우고 있다. 출국 금지를 당한 친구조차 만나기 쉽지 않다.

저상 버스

하차할 버스 정류장에서 문이 활짝 열리고,

첫차가 아침에 오 분 늦다.

뒷좌석에서 하차하려고 급히 나오던 남자는 버스 문을 열자

길바닥에 나가떨어져 뒹군다. 버스는 화들짝 놀라 문을 닫고,

저상 버스는 달려간다.

차문을 좌우로 여는 것은,

가뭄을 견디지 못해 저수지에 저장한 물이 한꺼번에 쏟아

지는 것 같다.

내릴 곳을 놓친 남자는, 도로를 팽개친 나 자신.

산

우렁쉥이가 산에 가면
물은 낮은 곳에서 높은 곳으로 흐른다.
강에서는 물은 낮은 곳으로 흐른다.
바다에서도 물은 낮은 곳으로 흐른다.
낮에도 물은 낮은 곳으로 흐른다.
가끔 밤에 우렁쉥이는 높은 곳으로 기어가고,
물도 덩달아 낮은 곳에서 높은 곳으로 흐른다.
산은 달을 숲으로 가려놓고
달과 함께 더 깊은 산으로 가자고 한다.
수풀로 독사가 지나가는 산으로 가자고 한다.

편지
—오규옥 선생(시인 오규원의 본명)

딱 한 번 서울예전으로 전화를 했어요. 마침 선생님은 출타 중이었어요. 수목장 소식은 신문을 통해 접했고요. 문득 선생님의 시집 제목 "왕자가 아닌 한 아이에게"가 이상하다 싶어 꼼꼼이 읽었죠. 흥미도 없고 해서 시집을 버렸어요. 모자람을 묘사한 짜증인 듯했어요. 볼펜을 발가락으로 쓴다고 표현한 우둔함은 여전하지요. 늦은 답장을 초목장 묘지로 보냅니다. 선생님의 얼굴을 가리던 회초리가 가끔, 학장동에 있는 논두렁 학교의 뒷문을 통해 빠져나가는 초가에서 선생님과의 동거는 행복했어요. 선생은 왕자가 아닌 한 아이의 연인, 보고 싶네요.

상주보

　문학기행으로 찾은 상주보 근처 골짜기에 있는 식당에서 점심을 먹는다. 맞은 편에 앉아 있는 여성은 최근 출판한 시집을 이야기하더니 죽은 남편을 꺼낸다. 지갑에서 젊은 날의 남편은 통증이다. 자랑하고 싶은 신혼은 고통이다. 한 숟갈 두 숟갈 맛집의 슬픈 밥을 먹더니 앞에 앉아 있는 사람에게 밥그릇을 내민다. 추억은 빛난다. 병들어 누운 방, 빗물이 지붕에서 흘러내리듯 그녀의 눈물샘이 상주보를 적신다. 3년 동안 비가 한방울도 내리지 않아도 가물지 않는 낙동강의 샘은 그녀의 눈물이다.

외출

택시로 오는 게 아니다.
순찰차로 귀가한다.
지하철을 타고 어디인지도 모르는 곳에 내리고,
어디인지도 모르는 곳을 산책한다.
할머니가 택시를 타듯 순찰차는
칠층 옥탑방을 찾는다.
순찰차가 알아본 할머니의 붉은 의상.
짧은 미소를 풍기는 옷은
할머니가 젊은 날의 기품을 보여 준다.
아침에 외출을 나간다. 지하철을 타고,
태양은 순찰차를 타고 집으로 온다.
문은 잠겨 있고, 열쇠를 달라고 억지를 부리는
길목에서 발을 동동 굴린다.
오줌이 마려워 비밀번호 692335!가
금방이라도 떠오른다,

연서

멍한 눈으로 말하는 그대여
말을 눈물로 배우는 그대여
녹슨 철길로 달려간
기차의 한숨을 쉬고,
입을 다문 채
여름인데,
눈동자를 마주친 창문에
눈이 내린다.

오페라 유령

누군가 나의 방에 들어온다. 문의 비밀번호를 외부에서
알 수 없다. 알람시계의 건전지가 한 개만 빠져도 움직이지
않는다. 누군가 건전지를 한 개 빼 버린다. 가족은 나의 방
에는 들어오지 않는다. 도둑을 생각한다. 바다로 흘러간 강
물은 나의 가슴으로 흘러 유령처럼 살아 있다. 다가오는 사
월의 일요일에 오페라 무대 위로 펼쳐지는 가수는 다문 입
술로 침묵을 부른다.

상가

　대학 병원의 지하는 좁다. 질투가 걸어가는 엘리베이터는 좁고 조문객의 음울한 기분을 돋군다. 코로나는 빙산에서 흘러온 세균의 모임이다. 상가에서 먼저 온 일행이 게시판에 만 70세에 사망한 이름표를 바라보는 일. 벽에 붙은 포스터의 사진을 대하듯 불편한 다리를 절며 강을 바라보는 미망인의 가슴에 핀 꽃.

족발

중동의 사막을 걸어온 발바닥은
먼지를 뒤집어쓰고
걷는 법을 알고
돌풍을 견딘
냄새를 풍기는
식당에 줄 선
오줌 소리가 요란하다.

제 2 부

다이아몬드

    손에 쥔다. 삶을 도난당한 듯하다. 지갑은 지하철 역사에서 소매치기당하고, 바지 속의 핸드폰은 어디에도 찾을 길 없다. 손에서 팽개친다. 머릿속 뇌는 자란다. 수십 년이 지난 후 손에 쥔 삶을 다른 방향으로 돌린다. 사람은 흔히 있는 건물의 명칭일 수도 있다. 장소는 사람의 이미지로 남아 있다. 일본으로 간다. 일본에 있는 보석이 있는 도시를 다닌다. 관광객이 찾지 않는 히로시마로 간다. 히로시마에 있는 전동철도에 앉아 잠이 든다. 내 옆에 앉은 여자의 무릎 위에 내 코가 놓인다. 종점에 있는 섬까지 가는 여자의 품은 그대로 있다. 여자는 내 귀를 감싼다. 전차에서 내린 동화에 나오는 섬에 말이 많은 여자가 기다린다.

독자가 없는 시집

어느 날 경매시장에서 시집의 경매를 마련한다. 해운대에 있는 별장에서 열린다. 참가자는 지리산에서 온 자연인과 이탈리아에서 온 건축가. 두 명은 희귀본 시집을 갖고,
경매는 만원부터 시작하고,
일만 원
이만 원
삼만 원
사만 원
오만 원
육만 원
칠만 원.

이때 이탈리아에서 온 건축가가 장갑을 흔든다.
멀리 조국을 찾아온 아름다운 건축가에게 희귀본 한 권의 값, 지리산에서 온 자연인이 흙이 묻은 털장갑을 들고 일어선다.
경매는 끝났고, 자연인과 건축가는 장갑을 흔들면서 돌아간다, 별장에는 혼자 남는다. 벽난로에는 경매에서 구입한 희귀본 시집이 빛난다. 별장 안의 쓸쓸한 온도가 상승하여 통로는 한 권의 시집이 된다. 시집에 발표한 시를 생각하는 두 명의 독자가 있다. 시집을 돈으로 살 수 없을 때도 있다.

공원

  타워 꼭대기 전망대에서 나란히 걸어가는 남녀가 보인다. 두 사람은 헤어진다. 지금은 다이아몬드 타워라고 불려진다. 전망대가 흔들려 몇 개의 잎사귀는 번화가에서 건물 위에 떨어진다. 번화가에는 관광객이 드물어 비워둔 건물도 있다. 백화점 근처에 위치한 경찰 지구대 문은 닫혀 있다. 예전의 크리스마스트리가 눈에 띈다. 공원으로 올라가는 에스컬레이터도 움직인다. 분수대 앞에서 사진을 찍는 사람도 보인다. 영화관 역사를 담은 빌딩도 공원 뒷켠으로 앉아 오목 렌즈와 볼록 렌즈에 반사되는 작아진 나 자신, 번화가의 밤 족발 거리에는 입김으로 줄을 선다.

명절

1일차 진공청소기의 나사가 빠진다.

2일차 돋보기가 오후 다섯 시 잠깐 자리를 비운 사이 사라진다.

3일차 팔백만 원 병원 영수증이 없어진다. 몰래 사용하는 시술비,

4일차 비밀번호를 아는 방법이 있긴 있는 듯하다. 디지털 비밀번호도 무심결에 새어 나간 듯,

5일차 헹거가 없어진다.

6일차 김장철이 온다. 김치 보관통이 보이지 않는다.

7일차 반찬통이 없어진다.

8일차 음식물쓰레기 개별종량제카드가 보이지 않는다.

9일차 가족은 명절이 되어 며칠 동안 꼼짝을 하지 않는다. 그는 명절에는 오지 않는다.

내가 없는 공간에 내가 없는 시간에, 그는 빈 집에 들어와 세탁기 속으로 프라스틱 김치 반찬통 뚜껑을 집어넣는다.

하루

수영복이 밍크모피로 변하고,
빗소리가
눈송이로 바뀌는데,
눈이 빗소리로 바뀌는 날은
종일 눈 녹는 소리를
쌓아 놓는다.

골목

언덕을 따라 걷고, 강에서 조사들이 앉은 언덕에 풀이 자라나고, 하늘에 있는 물고기를 기다리고, 골목을 돌고 돌면 구치소 벽이 빼곡하다. 들리지 않는 소음이 요란한 구치소는 망루에서 바라본 달빛. 구치소에 땅굴이 있듯 강에는 고기들이 살고, 날씨는 뜨겁다.

할머니

뚜껑이 열리지 않는다. 밥이 익는다. 솥의 자물쇠가 잠긴
다. 먹을 수 없는 밥은 열리지 않는다. 주방에는 할머니가
밥을 볶고 있다. 불에 달구어진 라면은 계단을 올라간다.
고향에서 솥안에 있는 된장을 쏟는 일은 없다.

지하철 공사

내가 앉은 자리에
내가 멀리 점점 사라진다.
그대가 내 옆에 잠자코
앉은 사실도 모른 채
그대가 지하철 계단을 급히
도주하는 사이
출구가 높아진다.
엘리베이터 공사 현장의
공사 기간이 점점 늦다.

외할아버지

외삼촌이 사라져?

이모부가 사라져?

외할아버지는 입을 다물고 곡기를 끊으셔?

죽는다는 게 순서가 있는 것은 아니다. 외할아버지는 줄을 서서 공동묘지로 가는 탯줄처럼. 외할머니는 벽에 할아버지의 얼굴을 그리고, 외숙모는 벽을 닦으시고, 외할아버지의 배꼽은 산으로 걸어가고 있었다. 자전거에 짐을 싣고 비탈길을 오르는 사람의 뒤를 힘껏 밀어주고, 아이들은 마을 경로당으로 나가는 외할아버지의 입술을 보고 있다.

살인

피가 흘러 잠이 온다. 졸음에 겨워 면도날에 피부를 다친다. 부뚜막에 앉아 있는 여자는 사랑을 모른다. 솥뚜껑은 목을 조른다. 유령은 사라진다. 비가 오고 있다. 나무의 뿌리가 흙 밖으로 튀어나오고 하늘을 향해 나무가 쓰러진다. 밤은 지나가고 여름 해변에서 모래에 적은 피를 읽는다.

곶감

떫은 맛을 한 사람은 가을에 상주보에서 길 따라 걸어간다. 감은 떫은 사람의 입맛에 어울리지 않는다. 여러 사람이 길을 걸으면 키 작은 사람보다 빨리 걷는 사람이 있다. 목구멍에 넘어가는 물처럼 위에서 아래로 걷는 게 발톱에 좋다. 상주의 곶감은 맛이 좋다. 산길을 걸어가면 향기를 느끼고 절에는 승려는 보이지 않고 염불 소리가 들린다. 타지에서 살다가 우연히 고향을 찾은 사람은 산속의 절을 찾아 산책을 한다.

교회

6월 4일 오전 11시 당신을 축복하는 교회에서
햇빛 메시지를 남긴다.
지하철에서 헛되고 헛되다고
가방을 든 남자는
귀에 걸끄러운 목소리를 남긴다
덕유산을 향해 떠나는 역에는
전국에서 사람들이 모이고,
골짜기를 따라 가파르게 오르는 케이블카는 치통으로
산행을 설치고, 을숙도로 질주하는
하구언 도로에서 자동차가 차선을 가로지른다.
당신을 축복하는 교회에서
당신의 자동차를 기다린다.

은행

횡단보도에 양옆으로 남자와 여자가 걸어간다. 중앙에 걸어가는 자는 호위를 받는 듯하다. 끝나는 점에서 남자와 여자는 갈라서서 각자 다른 길을 걷는다. 혼자 남은 자는 혼자 걷는다. 은행에서 대기표를 미리 두 장 31번 33번을 손에 쥔 여자. 32번 대기표를 쥔 자가 은행 창구에서 업무를 볼 때 좌석에 서서 32번을 우두커니 쳐다본다. ATM 코너에서 비밀번호를 훔쳐보는 것처럼, 앉아 있거나 서 있거나,

목욕탕

김이 자욱하다. 탕 안에 들어선다.
안경을 벗으면 얼굴이 보여?
아이는 어른의 시야를 본다.
탈의실의 평상에 놓여 있는
활자가 뚜렷하다.

아이의 봄

아파트 십오층 계단을 한 계단 한 계단 내려오면
치마 밑에 숨어 있는 열다섯 마리의 나비가 바람을 타고
아이의 몸 밖으로 우우우 흩어지더라.

아이의 복통

아버지의 말씀을 듣지 않고
어머니의 말씀을 듣지 않고
오빠의 말을 듣지 않고
신발을 벗어 놓고 자동차를 타고
신발을 신고 침대에 오르고,

아이의 밤샘

아기는 잠을 잔다. 왜 잠만 잘까? 아기가 무엇을 한다고 일찍 일어나겠어?

아기가 숙제가 있나? 학교를 가나? 아빠는 좋다. 요구르트를 두 개나 먹고, 아빠는 어른이고, 엄마도 어른이고, 침대에서 자고, 오빠는 아이고 나도 아기, 방바닥에 잔다.

아빠하고 침대에서 자고,

아기도 어른이고,

아가, 무엇하니?

논다.

한밤중에 잠이 오지 않아 멀뚱멀뚱 어른처럼 논다.

층간 소음

어제까지 작동이 되고, 갑자기 진공청소기의 흡입 부문이 목줄의 나사가 풀린다. 조여진 곳이 구멍이 난 대로 흐물흐물 떨어져 나간다. 충전기 부문은 테두리가 사라진다. 이처럼 맥빠진 청소를 하는 날이 있다. 밤에 윗층에서 마늘 빻는 소리가 나듯 헛도는 고슴도치 쳇바퀴.

빙하

코로나에 걸리지 않은 사람이 더 많다.
누구를 만나는 일 없이 집에 머무른다.
사람과 사람 사이에 공유한 벽이 생긴다.
공기를 마시고 내보내는 벽이 생긴다.
강의실을 소유하는 벽이 생긴다.
교수와 학생 사이에 흐르는 벽이 생긴다.
교수와 학생의 우산 아래 구두와 운동화에도 벽이 생긴다.
코로나가 빙하를 품는 순간 벽이 생긴다.

경로당

정원에는 잘려진 수국 잎사귀가 보인다. 전지 작업을 한다. 주변을 쓸고 계단이 끝난 곳에는 재활용품인 상자와 페트병이 보인다. 신발이 놓여 있는 문 앞에 오늘따라 한 켤레도 보이지 않는다. 아이가 산 비탈에 위치한 경로당의 위치를 묻는다. 한 아이는 산 쪽으로 손짓하고 다른 아이는 자동차가 지나가는 도로쪽을 손짓한다. 아이가 경로당에 갈 일은 없다. 경로당이 어디에 있든 구태여 정확한 방향을 설명하지 않는다. 똑똑한 아이는 경로당의 장소를 잘 알고 있다. 늦은 아침 식사를 하고, 혹은 점심을 먹고 할머니는 경사진 길을 오르는 보폭이 작아진다. 지나가는 사람이 인사를 해도 알은 척은 하지 않고, 할머니는 계단으로 내려가 목욕을 하고, 비밀번호를 기억하지 못하는 일상생활,

제 3 부

맛집

수백 권을 불 태워도 도를 통하는 것은 아니다.
사십 계단에는 종잣돈을 묻어 놓고
선물 거래로 사막의 야자수를 사들이고
목돈은 흔적 없이 사라지고,
밤을 새워 생긴 췌장암은 아니겠지.
점심을 먹자고
간장게장을 찾아
여수로 가는 길은 아니다.

보살

교태는 교태.

어때요?

처녀를 껴안으니, 마른 가지에 물이 오르고

바위가 뜨거워지니

엄동설한에도 불끈불끈 뻗는데,

비만한 승려가 기거한 암자의 터에는

재가 남는다.

경주

소식을 전하러 가니,
형의 얼굴이 보인다.
함께 산책을 할 수 있나?
나의 관심은 자동차와의 갈등
자동차는 빨간 색이 좋아
평화로운 나무가 자라나는 묘지를 배경으로
아이는 이국적인 손짓으로
왕릉 근처 잔디에 걸터앉아 행인의 눈길을 끈다.
폰을 집에 두고 온 것이 빌미가 되고,
일행을 놓쳐
첨성대를 볼 수 없다.

승강기

　배낭에서 책을 꺼낸다. 목이 마르면 김칫국물을 마시고, 새벽은 집으로 돌아가는 승강기에서 멈춰선다. 호출을 하는 가족, 1층과 2층의 틈 사이로 삼십여 분이 지난다. 아이가 빼빼로 과자를 승강기 틈새로 민다. 폐쇄회로에 여름이 온다. 아이가 승강기 틈새에 끼운 막대기 모양의 과자는 문틈에 낀다. 화면 속으로 아이의 얼굴을 본다.

양산타워

외따로 떨어진 레미콘 공장은 어둠에 싸인다. 타워로 들어선 주차장에 풀이 듬성듬성 보인다. 계단을 오른 엘리베이터가 느리다. 타워가 흔들리지 않네요. 나선 계단을 빙글빙글 내려 5층으로 사라진다. 화장실에서 모습을 드러낸다. 유레카. 허기진 목소리는 증산시가를 본다. 낮은 곳에서 붉은 반점은 빛난다. 얼굴을 덮은 마스크를 내리는 순간 양귀비는 환장을 한다. 입술을 움직이면 타워도 흔들린다.

결찰술 유감

잔치판을 벌린다.　.
떡은 평행봉 위에 있고,
땀내가 배어든다.
고관절 사이로 오줌이 번지고
보름달은 분침의 움직임을 따라
변하듯
밤에 일어나고 눕고,
약을 또 마시고,
빈혈의 증세를 보이는
계단이 높다.

어머니

전차를 타는 남자가 보이지 않는다.
책을 넘겨 보는 여자가 좌석에 앉아 있지 않다.
사랑하는 시늉으로 잊지 않고 고개를 숙이면
젖이 나오는 그 날 오후 몇 시 몇 분
골짜기로부터 흘러내리는
개울에 젖은 찐빵은 생일이다.

형제

가을은 가고 겨울이 온다. 골짜기로 동생은 형의 휘파람을 들으며 간다. 물이 고여 있는 곳에 가재가 살고, 가재를 잡기 위해 형은 물속으로 걸어간다. 동생도 따라간다. 형은 신발도 벗지 않고 옷을 입은 채 깊은 곳으로 계속 간다. 동생은 머문다. 물 밖으로 튕겨나온다. 네 면의 벽으로 둘러싸인 출구가 없는 물의 세상으로 형은 간다.

섬

단풍잎이 떨어지는 섬에
꽃이 피지 않는 봄이 있고 꽃이 피지 않는 여름이 있다.
가을이 오자 나무의 가지가 생긴다.
밤이 깊어진다. 누군가 소리치자 나무가 서 있는 곳을 본다.
그때 우리가 본 것은 숨쉴 틈이 없는 나뭇잎.
입을 수 없는 상의를 입은 사람은 등을 밀고
걸을 수 없는 모랫사장을 서성인다.
해변길에 선 공중전화는 먼지에 휩싸인다.

가을 산책

보이지 않는 곳에 묻어 있는 흔적을 지운다.
음식물을 먹다 바지에 떨어진 얼룩 같은 추억.
낙엽을 쓸어가는 빗자루가 필요하다.
도로에서 자동차가 범퍼를 맞대고
틈을 노려 끼어든 자동차의 검은 창문에 던지는 험한 말씀.
범어사 계곡을 내려가는 길에
"사주를 봐?"
길바닥 앉은 노점상을 보는 그대의 목소리가 들린다.

친구

누구인가 반세기를 지나 잊지 않고 안부를 묻는,
나의 친구는 해외에 살고 나의 친구는 수원에 살고,
친구 앞에 설 때,
이름을 부른다.
친구,
끼리끼리 모여 건강을 묻고,
궁금했던 뒤 늦은 안부를 묻고,
밤 사이 죽은 친구인 것을,
명절에는 만날 수 없는
친구는 어디 있지?
병원에서 검사한 조형술의 후유증으로 숨숨 턱턱 막혀
밤 사이 심장마비로 사망한
묘지는 병원처럼 통증을 치유하는 화원이다.
조화는 신부와 함께 결혼식장으로 걷지 않는다.

멱감는 아이

멱을 감은 아이는 길 위에서 사라진다. 시외버스를 기다리는 시골길 버스정류소에서 아이는 어둠 밖으로 걷는다. 깊어가는 밤에 막차를 기다리는 우리를 팽개치고, 무릉도원에서 아이는 길을 따라 멀어진다. 아이는 날개옷을 잃어뒤를 돌아보아도 아무도 따라오지 않는다. 근처의 산장모텔은 불이 꺼져 잔치국수를 훌훌 마시고, 막차는 도시를 집어삼킨다.

고양이

개똥인가 순금인가
도로 위를 쓸어담다.

달콤한 냄새따라
자동차가 지나간다.

다가온
송도해변길
떨어지는 고양이똥.

일회용

일요일 늦은 오후
계단을 내려가고

일회용 종이컵에
커피가 넘쳐난다.

뒤집힌
쓰레받기에
원두커피
닦는다.

인생

걸어가는 사람도
뛰어가는 강아지도

아침에 나팔꽃을
저녁에 개나리를

보아라
일흔이 되면
잡초 같은
꽃잎을

편의점

  옆의 사람은 없다. 앞의 사람은 없다. 뒤의 사람은 없다. 위의 사람도 없다. 휴일 24시 편의점에서 계산대 앞을 서성이고, 사진기의 셔터 소리가 없는 밤 횡단보도에는 제과점과 교회와 공중전화기가 마주친다. 지하철 출구를 향해 추위가 간지럽고, 들판은 돌풍이 부는 바다와 같다.

집

집에 가족은 없다. 누군가 나의 가족이 아닌, 나의 서랍을 뒤지는 것 같아, 거실을 진공청소기로 흔적을 빨아들인다. 주방에서 뱉어 놓은 가래를 씻는다. 중문을 닫는다. 외출을 준비한다. 계단을 천천히 내려가면 나의 위치는 노출된다. 위치를 추적하는 것은 핸드폰이다. 바깥은 춥다. 골목에 숨어 있는 남자는 엘리베이터 쪽으로 모습을 드러낸다. 나의 손에는 음식물쓰레기통이 들려 있다. 내가 외출한 사이 남자는 나의 집에 디지털 비밀번호를 두드리고, 나의 방에 들어간다. 나의 서랍을 뒤진다. 나의 작은 가위를 몰래 훔치고, 더운 날 솜바지를 입은 채,

아내

나의 핸드폰은 없다.

나의 컴퓨터는 없다.

나의 통장은 없다.

나의 가방은 없다.

나의 지갑은 없다.

나의 동상은 말이 없다.

나의 시는

동백꽃

구겨진 둘레길에
비틀거린 자전거

앉은 사람도 꽃을 보고
뛰는 사람도 꽃을 보고,

꺾어진
꽃을 피우는
자전거는 눕는다.

고향 생각

어릴 적 어머니는
내일 양식 한숨쉰다.

멥쌀이 떨어지고
보리쌀이 바닥나고,

동이 난
메뚜기쌀은
어머니의
오지랖

제 4 부

미식가

냉장고 마늘에도
곰팡이는 피어나고

삶아논 양배추는
흐물흐물 삭아가고

묻어난
단맛의 비밀
유통기한 끝나고

입맛이 떨어져서
부산한 환자가족

영양주사는 비보험에
통증은 여전하고

줄 서는
맛집의 고객
추위에 시달린다.

꽁초

꽁초를 치워내고
휴지를 쓸고쓸고

가을은 깊어가고
낙엽은 말이 없다.

메마른
손잡이의 피
흔적없는 목격자

소매치기

계단을 내려가는
발자국은 느리고,

벨소리 요란하고
미끼를 덥썩 물고

사라진
지갑속에는
동정심이 넘친다.

본체를 품에 품고
지하도를 가고 있다.

나란히 앞서가는
네 명의 울타리를

스쳐 간
네 명의 틈새
핸드폰을 도난당해.

구구단

수업이 끝난 교실은 어두워,
친구들은 집으로 가고 없고
선생님은 보이지 않고
나 혼자 남아
외우는 구구단은
수박처럼 시원하지도
참외처럼
달콤하지도 않다.

오빠

내 손은 오빠 손보다 짧지.
내 키는 오빠보다 작지.
내 얼굴은 오빠보다 크지.
내가 어떻게 오빠보다 클 수 있나?
침대 위에 잠을 잘 때
오빠보다 작지.
아파트 빈터에서 자전거를 탈 때 작지.
매일 밥 먹고 큰소리로 노래 불러도
식구들은 오빠보다 내가 작다고 하지.
오빠가 없으면 누구하고 놀까?
아빠하고 놀지.
아빠가 회사를 나가면 누구하고 놀지?
엄마하고 놀지.
엄마가 시장가면 누구하고 놀지?
나 혼자 놀지.
그래도
심심하면 나보다 얼굴이 작은
오빠하고 놀지.

절도 견습생

창문에 놓인 핸드폰이 자세를 고쳐 침대 밑으로 숨는다. 아무도 없는 시간에 폭풍이 문을 열고, 바람은 전기 플러그를 뽑는다. 잠자리가 차츰차츰 차갑다. 안경, 볼펜, 노트, 원고지를 찾고, 묘지에서 잃어버린 형광등을 떠올린다. 미싱을 훔칠 것 같은 태풍이 부는 밤, 이 층으로 장맛비가 창문 너머 올라가고, 해가 뜨자, 참새가 보금자리에서 날갯짓을 하고, 이웃집에서 키우는 태양은 무럭무럭 자라 공원의 이순신 동상처럼 공중에 빛나고, 누군가 속삭인다. 당신이 귀중하다고 생각한 시집을 한 권 없앤다.

아침

엄마가 깊이 잠든 시간
눈을 비비고
창문곁으로 다가온 햇빛
아빠, 아침이 오고 있어.
가까스로 아빠를 흔들어
깨우는데,
발가락 틈새로
하늘이 꿈을 깬다.

딸기

아파트에 가로등이 켜진다.
시장에서 모처럼 사온 딸기.
오빠 몫은 남겨두고,
동생은 야금야금 먹는다.
엄마 이거 먹을까?
오빠 이거 먹을까?
아빠 이거 먹을까?

효도

아이스캔디를 먹을까?

아빠처럼

돈을 벌면

아빠처럼

커지고

아빠가

아이처럼 작아지면,

얼굴

얼굴을 찡그리면

무섭겠지.

웃으면

웃을수록

작은

아빠를

닮고,

수학 문제

수학 문제를 풀다.

모르면 모르는 대로

모처럼 풀듯

얼렁뚱당

아이는 짜증을 내죠.

똥

아빠가 없으면
똥이 안 나오고

아빠가 있으면
똥이 잘 나오고

아빠,
똥 닦아줘.

동화책

아빠처럼 책방에서
새 동화책을 사고 싶어
눈물을 흘려도
공부방에 읽지 않은 책이 있기에
아빠처럼 책을 살 수 있을 때
아침 일찍 눈비비고
큰소리로 읽다 보면,
이솝이야기에
재미있어
생떼를 부리지 않아
손때 묻은 동화책에 정이 들지.

개

텔레비전 어린이 프로에서
개가 주인을 찾아
대문 밖으로 뛰쳐나가자
아들은 말했지.
개도 사람.

엄마

밤 늦게 들어와
아내와 따로 잠이 든 날
새벽에 잠이 깬
아들이 묻는다.
엄마는?
건너 방에 있지.
열려고 해도 열리지 않는 문,
열려라 참깨야 주문하듯
엄마, 내다.

아빠

아이는
잠이 오면
아무렇게나
소파에 벗어 놓은
아빠 와이셔츠를
엄마 몰래
입에 물고는
방에 들어가
때묻은
옷을
매만지며
감쪽같이
소록소록
꿈을 이야기하지.

달

아빠 차는
초승달을 따라오고
낮을 따라 오고,
밤을 따라 오고,
아빠 차는
보름달을 따라 오고,
낮을 따라 오고,
밤을 따라 오고,

매

아빠 무섭니?

아니.

엄마 무섭니?

아니.

오빠 무섭니?

아니.

?

거울

거울을 볼게
동생은 문을 열고. 나가버리고,
TV를 끌게
동생은 TV를 켜지.
아파트 계단을 내려갈게.
동생은 지상에서 아파트 계단으로 올라오지.
수건을 소파옆에 둘게.
동생은 처음 수건이 있는 부엌쪽으로 돌아가지.
옷을 벗을게
동생은 옷을 입고
동생은 아빠처럼 보이고
아빠가 딸처럼 느껴지지.

연인

소변 줄기가 뚝 끊겨
병원에 약을 타러가는 걸 잊는다.
누군가가 전화를 해야 전화를 받는다.
어쩌다 타이어에 빵구가 나듯 혈관이 터져
피가 새는 줄도 모른 혈액순환제를 먹는다.
오물통 속으로 뛰어든다.
오륙 명의 연인이
대화를 나누고, 담배 한 개피는
똥물에 젖어 양동이를 채운다.
몸에는 피가 남고,
의식을 잃고,
양동이로 피를 퍼낸다.
식용유를 후라이판에 붓고,
달걀 두 알을 깬다.

해설 : 형상화로 그려 낸 삶의 수채화
— 정웅규의 시 세계

신기용(문학평론가, 문학 박사)

형상화로 그려 낸 삶의 수채화
― 정웅규의 시 세계

신기용(문학평론가, 문학 박사)

1. 들어가기

정웅규 시인은 제1시집 『우리는 가끔 야외 촬영을 즐긴다』(1991), 제2시집 『밧줄의 눈』(2022)에 이어 제3시집 『생선 가시에 걸린 봄』을 출간한다.

이 시집에 수록한 시의 특징은 세 가지로 요약할 수 있다. 첫 번째는 대부분 짧은 산문시이다. 단시조와 자유시도 수록하였지만, 짧은 산문시가 주를 이룬다. 두 번째는 이미지를 형상화한 이미지즘 시이다, 한국 모더니즘 시는 주지주의 시와 이미지즘(寫像主義) 시로 분류한다고 할 때, 이 시집의 시는 대부분 이미지즘 시에 속한다. 세 번째는 그리움의 시이다. 돌아가신 어버이, 이국땅에 사는 형, 먼저 떠나신 스승에 대한 그리움의 시를 함께 수록하였다. 이러한 특징을 고려하여 '형상화로 그려 낸 수채화 같은 이미지즘 시'라고 한마디로 말할 수 있다. 시집 해설은 '형상화로 그려 낸 삶의 수채화'라는 제목으로 읽어 보고자 한다.

따라서 '삶의 서정으로 채색한 짧은 산문시', '삶의 수채화로 그려 낸 이미지즘 시', '가슴으로 쓴 그리움의 시'라는 소제목으로 구분하여 읽어 보고자 한다.

2. 삶의 서정으로 채색한 짧은 산문시

정 시인은 이번 시집에서 짧은 산문시에 많은 이야기를 녹여 넣었다. 서민의 희로애락을 곳곳에 장치해 놓았다. 한국의 산문시는 서양의 산문시와 약간의 차이점이 있다. 그런 측면에서 산문시의 정의를 살펴볼 필요가 있다. 산문시란, "산문 형식으로 된 시. 시행을 나누지 않고 리듬의 단위를 문장 또는 문단에 둔다. 산문과는 달리 서정적으로 시화하여 묘사한다는 데 특징이 있다."(《표준국어대사전》) 이는 창작할 때 '리듬, 서정, 묘사'에 중점을 두어야 한다는 의미이기도 하다. 이번 시집의 해설은 산문시 가운데 짧은 산문시의 서정과 묘사 위주로 몇 편을 읽어 보고자 한다. 짧은 산문시의 분량 경계선은 불명확하다. 5문장 내외라고 주장하는 이도 있다. 대체로 10문장 미만을 경계로 삼는 것이 타당할 것이다. 그런 측면에서 시「생선 가시에 걸린 봄」,「폭탄」,「첫차」,「저상 버스」를 아래와 같이 읽어 본다.

생선 가시가 줄기에 걸려
봄은
굶는다.
바싹 마른 계절이 샘을 내듯
다가온다.
산뜻한 번화가 간판 위로
부끄러운 개나리의 손짓에
소나기를 퍼뜨리고 있다.
　　　　　— 「생선 가시에 걸린 봄」 전문

　인용 시 「생선 가시에 걸린 봄」은 이번 시집의 표제 시이
다. 세 문장으로 구성한 묘사 시이다. 산문시임에도 시행을
나눠 리듬을 살렸다. 리듬, 서정, 묘사를 모두 갖추었다. "생
선 가시가 줄기에 걸려 / 봄은 / 굶는다."라는 묘사는 봄 가뭄
을 형상화한 것이다. 생선 가시가 줄기(목)에 걸린 봄, 봄은
굶을 수밖에 없어 시름시름 말라 간다. 봄 가뭄은 자연의 생
육과 성장을 멎게 한다. 시적 화자는 "바싹 마른 계절이 샘을
내듯 / 다가온다."라며 표현한다. 말라비틀어진 봄 가뭄의
꼬리를 물고 바싹 마른 건조한 봄이 다가옴을 말한다. 성장
의 계절 봄이 아닌 바싹 마르고 건조한 봄, 즉 모든 사물을
삼켜 버릴 수 있는 화재 위험을 내포한 봄을 말한다. 목마름
에 지친 봄은 "산뜻한 번화가 간판 위로" 번져 나간다. 단비

를 기다리며 몸부림을 치는 봄은 "개나리의 손짓"에 "소나
기를 퍼뜨"린다. 여기서 "부끄러운 개나리의 손짓"에 주목
해 본다. 개나리의 꽃말은 희망이다. 즉 개나리는 희망의 표
상이다. 또한, 협동을 상징한다. 그렇다면 '부끄러운 희망의
손짓', '부끄러운 협동의 손짓'이라는 의미이다. 상징은 다
의적인 개념이다. 인용 시에서 이런 상징은 의미의 긴장미와
더불어 시어의 긴장미를 안겨다 준다. 결국, 정 시인은 인용
시에서 초극하는 삶의 희망에 관한 메시지를 담아 놓았다.

> 사막 모랫길에서 폭탄을 몸에 품고 절룩거린다.
> 종일 걷고, 몇 년을 걷는다. 폭탄은 몸에서 떨어지지
> 않는다. 숨이 가쁘다. 목이 마르고, 배가 고프다. 사
> 막을 횡단하고, 낙타는 마흔의 남자를 삼킨다. 오아시
> 스에서 만난 한 명의 여자가 남는다. 목이 메말라도
> 폭탄 사고는 없다. 방금 한 여자는 사막을 걸어간다.
> ― 「폭탄」 전문

인용 시 「폭탄」은 기승전결이 명확하다. 표현 면에서 읽
어 보면, 그로테스크한 묘사 시이다. 정 시인은 우리나라에
서는 생소한 사막과 낙타라는 소재를 채택하여 창조적 상상
력을 발휘했다. 시적 화자의 시선은 폭탄을 품고 사막을 걷
는 사람과 낙타를 바라본다. 달리 해석하면 시적 화자가 사
막을 걷는 주체이기도 하다. 기(起)에서는 "사막 모랫길에

서 폭탄을 몸에 품고 절룩거린다. 종일 걷고, 몇 년을 걷는다."라며 사막이라는 공간적 배경과 몇 년이라는 시간적 배경, 폭탄이라는 절박한 상황에 대입하여 녹록하지 않은 삶을 표현한다.

승(承)에서 "폭탄은 몸에서 떨어지지 않는다. 숨이 가쁘다. 목이 마르고, 배가 고프다. 사막을 횡단하고, 낙타는 마흔의 남자를 삼킨다."라며 극한의 상황과 삶의 절박성을 말한다. 사막 횡단의 고통을 점진적으로 표현한 것이다. 즉, 폭탄을 몸에 품고, 숨이 가쁘고, 목이 마르고, 배가 고픈 점진적 표현은 고통스러운 삶의 심각성을 표현한 것이다. 절박하고 극한 상황 속에서 "낙타는 마흔의 남자를 삼킨다."라는 그로테스크한 표현에 주목해 본다. 초식 동물인 낙타가 마흔 명의 남자를 삼킨다는 기괴하면서도 섬뜩한 표현이 무엇을 상징하고 암시할까? 극한 상황에 직면하면서 살아온 삶의 다양성과 다의성을 풀어놓은 것일 수도 있고, 40년이라는 세월을 함의한 것일 수도 있다.

전(轉)에서 "오아시스에서 만난 한 명의 여자가 남는다. 목이 메말라도 폭탄 사고는 없다."라며 생존과 안전성에 관해 진술한다. 이는 반전 효과를 장치한 것이다. 생존자는 한 명의 여자이고, 폭탄 사고는 일어나지 않았다는 반전이다. 결(結)에서는 "방금 한 여자는 사막을 걸어간다."라며 맺음을 한다. 그 생존자의 끈질긴 생명력과 의지력을 표현한 것이다. 여기서 '한 여자'를 칼 융의 용어인 아니마(anima)로 설명할 수도 있다. "남성이 지니는 무의식적인 여성적 요소"(《표준국어대사전》)라는 의미에 대입해 보면, 정 시인은 스스로 남성의 시선보다는 여성의 시선으로 시화한 것일 수 있다. 거칠고 삭막한 사막을 횡단하는 사람의 대부분은 남성이라는 보편성을 반대로 전도한 것이다. 이것이 시의 묘미이다. 다른 그로테스크한 묘사 시를 간략히 읽어 본다. 영도 봉래산 할머니 전설을 모티프로 창작한 시 「할머니 전설」에서 "비정상으로 가자! / 아이는 하늘을 향해 걷고 있다."라는 표현도 그로테스크한 표현이다. 이 시에서 아이가 하늘을 향해 걷는다는 이미지는 꿈을 향해 나아간다는 의미이지만, 그로테스크한 표현으로 다층적 의미를 장치했다.

버스를 기다린다. 출근하는 얼굴을 보면 인사를 나눈다. 손에 든 보따리에 며칠 만에 본다는 익숙함이 깃든다, 정류소의 앉은 자리는 바람이 센 날에는 온기로 찬다. 오 분이 늦다. 섬에서 출발한 버스는 바다 위의 다리를 건너오면서 차츰 늦어진다. 올라탈 여유 공간이 없다. 빽빽한 버스에서 손잡이를 잡은 승차감은 앉은 버스의 빠르기에 달려 있다. 내릴 때를 생각하고 타는 사람은 없다.
— 「첫차」 전문

인용 시 「첫차」는 새벽 첫 버스를 타고 출근하는 삶의 풍경을 수채화처럼 그려 냈다. 첫 버스를 타 본 경험이 있는 독자라면, 첫차에 가득한 정겨운 삶의 온기와 부지런한 삶에서 우러나는 다양한 풍경을 잘 알 것이다. 첫차를 타고 이동하다 보면 어느 순간 발 디딜 곳 없을 정도로 만원이다. 재래시장 몇 군데를 지나고 나면 앉을 자리가 겨우 난다. 그만큼 첫차는 부지런하게 사는 사람들의 희로애락이 녹아 흐르는 이동 수단이다. 이를 체험해 보지 않고는 서민의 삶을 이해할 수 없을 것이다. 정 시인은 이를 오래 체험한 사실을 토대로 간결하게 시화하였다. 이 짧은 산문시에 훈훈한 정과 부지런함, 삶의 다양성을 녹여 넣었다.

시적 화자는 첫차를 기다린다. 첫차를 타고 출근하는 낯익은 얼굴을 보면 서로 인사를 나눈다. 며칠 만에 보는 얼굴도 익숙함에 반가워한다. 바람이 세찬 날에는 정류장의 앉은 자리에 온기가 가득 찬다. 섬에서 다리를 건너온 버스가 오 분 늦게 도착했다. 올라탈 여유 공간이 없을 정도로 버스 안은 만원이다. 서서 손잡이를 잡고 갈 때와 앉아서 갈 때의 승차감이 곧 속도감으로 느껴진다. 서서 갈 때는 느린 속도감, 앉아서 갈 때는 빠른 속도감을 느끼게 한다. 결에서 "내릴 때를 생각하고 타는 사람은 없다."라고 강조하며 끝맺음한다. 이를 주관적인 표현으로 해석할 수도 있지만, 역설적 표현이라고 읽어야 타당할 것이다. 많은 사람은 버스를 비롯한 대중교통 수단을 이용할 때, 내릴 때를 생각하고, 시간을 치밀하게 계산한다. 그래야 다음에 환승할 교통수단 시각에 맞출 수 있고, 약속 시간에 맞출 수 있기 때문이다. 이미 발표한 시의 해석은 독자의 몫이다. 독자 스스로 다양한 해석을 하는 것이 시의 묘미이기도 하다.

> 하차할 버스 정류장에서 문이 활짝 열리고,
> 첫차가 아침에 오 분 늦다.
> 뒷좌석에서 하차하려고 급히 나오던 남자는 버스 문을 열자
> 길바닥에 나가떨어져 뒹군다. 버스는 화들짝 놀라 문을 닫고,
> 저상 버스는 달려간다.
> 차 문을 좌우로 여는 것은,
> 가뭄을 견디지 못해 저수지에 저장한 물이 한꺼번에 쏟아지는 것 같다.
> 내릴 곳을 놓친 남자는,
> 도로에 내팽개쳐진 나 자신.
> ― 「저상 버스」 전문

인용 시 「저상 버스」도 첫 버스와 관련한 묘사 시이다. 시적 화자가 탄 첫차는 언제나 그러하듯 복잡하다. 배차 시간을 고려해 보면, 평상시보다 오 분 늦은 첫차이다. "하차

할 버스 정류장에서 문이 활짝 열"렸다. "뒷좌석에서 하차하려고 급히 나오던 남자는 버스 문을 열자 / 길바닥에 나가떨어져 뒹군다."라며 상황을 진술한다. 이를 시적 화자는 "차 문을 좌우로 여는 것은, / 가뭄을 견디지 못해 저수지에 저장한 물이 한꺼번에 쏟아지는 것 같다."라며 형상화한다. 이때 "버스는 화들짝 놀라 문을 닫고, / 저상 버스는 달려간다."라며 말한다. 경미한 사고라도 수습해야 함에도 수습도 없이 뺑소니친다. 나아가 "내릴 곳을 놓친 남자는, / 도로에 내팽개쳐진 나 자신."이라며 진술한다. 시적 화자는 내릴 곳을 놓친 남자와 도로에 내팽개쳐진 남자를 동일자로서 진술한다. 이는 다양한 해석을 낳을 수 있다. 내릴 곳을 놓친 시적 화자가 이미 내팽개쳐진 남자와 동일시한 시선이라 해석할 수도 있다. 해석의 다양성은 시의 묘미이고, 독자의 특권이다.

3. 삶의 수채화로 그려 낸 이미지즘 시

이미지즘 시란, "1912년 즈음에 흄, 파운드 등과 같은 영미 시인들에 의해 주창된 시의 새로운 기법. 이들은 개인의 이미지 표현을 중시하고, 시에서 음악적 효과와 함께 회화적 효과를 중시하였다."(《우리말샘》) 이처럼 음악성과 회화성에 무게를 둔다. 이번 시집 해설은 산문시의 음악성인 내재

율을 잘 갖추고 있기에 다루지 않는다. 회화성, 즉 이미지 형상화 중심으로 살펴본다.

정 시인의 이번 시집에 수록한 이미지즘 시 가운데 물의 이미지, 이와 합일하는 이미지 위주로 간략히 읽어 본다. 시 「산」에서 "우렁쉥이가 산에 가면 / 물은 낮은 곳에서 높은 곳으로 흐른다."라고 말하면서 "가끔 밤에 우렁쉥이는 높은 곳으로 기어가고, / 물도 덩달아 낮은 곳에서 높은 곳으로 흐른다."라며 진술한다. 오름과 내림으로 이항 대립하는 물의 이미지와 '산'이라는 대지의 이미지를 합일화하여 시적 상상력을 더해 나간다. 과학과 거리가 멀지만, 이미지를 형상화해 나가는 시인의 책무를 성실히 수행한 시이다.

시 「장마」에서도 오름과 내림으로 이항 대립하는 물의 이미지와 '산'이라는 대지의 이미지를 합일화하여 시적 상상력을 더해 나간다. "산으로 가는 길은 물이 올라가고, 돌멩이가 구르는 길을 올라간다. 집 안은 물이 가득 차고, 이층으로 오르는 계단으로 물이 올라간다."라며 물의 이미지로 장마철 수해 현장을 형상화하였다

시 「상주보」에서 "추억은 빛난다. 병들어 누운 방, 빗물이 지붕에서 흘러내리듯 그녀의 눈물샘이 상주보를 적신다. 3년 동안 비가 한 방울도 내리지 않아도 가물지 않는 낙동강의 샘은 그녀의 눈물샘이다."라며 '빗물, 눈물샘, 낙동강의

샘'이라는 시어만으로도 물의 이미지임을 읽을 수 있다. 슬픈 이야기를 물의 이미지로 형상화하여 승화해 나가는 재주가 탁월하다.

> 올챙이가 자전거를 타고 간다. 자전거 박물관에 전시된 두 바퀴는 폭풍이 불어 더 빨리 달려간다. 물은 수풀을 집어삼킨다. 물이 있는 곳에 가뭄은 없다. 36개월은 군 복무 기간, 36이라는 시간은 이슬비.
> ― 「저수지」 전문

인용 시 「저수지」는 물의 이미지와 폭풍이라는 공기 이미지로 합일화하여 그려 낸 짧은 산문시이다. 아마도 상주에 소재한 상주보와 자전거 박물관을 견학한 후 시상을 포착한 듯하다. 자전거라는 시적 상관물과 물의 이미지를 통해 험난한 인생의 과정을 장치해 놓았다. 올챙이(어린 시절)→폭풍(청년기)→물난리(삼키다, 중년기)→풍년(가뭄은 없다, 노년기)이라는 과정을 그려 낸 것이다. 그 부분을 다시 읽어 본다. "올챙이가 자전거를 타고 간다. 자전거 박물관에 전시된 두 바퀴는 폭풍이 불어 더 빨리 달려간다. 물은 수풀을 집어삼킨다. 물이 있는 곳에 가뭄은 없다."라는 부분만 읽어 봐도 인생의 전 과정을 한 눈으로 볼 수 있는 삶의 수채화 같은 시이다. 시적 화자는 결부에서 인생의 전

과정을 볼 때 과거 군 복무 36개월이 매우 의미 있음을 말한다. 후반부의 "36개월은 군 복무 기간, 36이라는 시간은 이슬비."를 읽어 보면, 36개월의 군 복무 기간이 매우 고통스럽고 지옥 같았다. 하지만 인생이라는 큰 저수지와 비교해 볼 때 적은 양이지만, 이슬비처럼 가뭄이 없게 하는 역할을 한다는 의미가 녹아 흐른다. 즉, 군 복무는 삶의 한 과정이면서 강인함, 의지력, 생존력 등 삶에 필수 조건인 정신력의 자양분임을 말하는 듯하다.

> 폐허를 들러본다. 추억은 눈물이다. 폐가구가 쌓여 있다. 재개발이 시작된 골목은 냄새가 난다. 붉은 페인트로 철거라는 글자가 벽에 표시되고, 골목 입구에 공공기관의 사무실은 아직 그대로 있다. 일찌감치 집을 놓아 버린 사람은 몸져눕는다. 없어질 옛집으로 가자.
>
> ― 「철거촌」 전문

인용 시 「철거촌」에서 '눈물'이라는 물의 이미지와 재개발 지역이라는 대지의 이미지를 통해 가난한(없는) 자의 애환을 그려 냈다. 시적 화자는 재개발 철거촌의 폐허를 관조하며 그곳에 켜켜이 쌓인 추억을 생각한다. 이를 "추억은 눈물이다."라며 폐허에 얽힌 희로애락을 은유로 형상화한다. 철거촌에 버리고 간 "폐가구가 쌓여 있"고, "냄새가 난다." 철거 대상 가옥의 벽에는 "붉은 페인트로 철거라는 글자"가 새겨져 있다. "골목 입구에 공공기관의 사무실은 아직 그대로"인데 "일찌감치 집을 놓아 버린 사람은 몸져"누워 땅을 치며 가슴앓이한다. 없는 자의 서러움이 북받쳐 오르면 "없어질 옛집으로 가자."라며 잠꼬대하듯 불쑥 일어선다. 없는 자들에게 재개발은 그곳에서 쫓겨난다는 의미이기도 하다. 결국, 재개발 지역은 가진 자들로 채워지기 마련이다. 정 시인은 삶의 터전을 빼앗긴 없는 자들의 서러움과 재개발의 악순환을 꼬집고 비틀고 있다. 사회 비판적 시선의 시이기도 하다. 부조리한 현실성을 시에 녹여 넣은 것이다.

사회 현실을 비판적 시선으로 시화한 시 「해외여행」에서도 부조리한 사회를 꼬집고 비튼다. 시적 화자는 뉴스를 청취한다. "뉴스에 출국 금지를 당한 정치인에 관한 소식을 전한다."라며 진술을 시작한다. "출국 금지를 당한 친구조차 만나기 쉽지 않다."라며 끝맺음한다. 부조리한 출국 금지와 선량하고 청렴한 서민의 가족 여행을 겹쳐 놓고 비판한다.

엘리베이터 문은 열리지 않는다. 토요일 오후 시를 읽는 나비는 엘리베이터에 매달린 시의 꽃술을 맛보았다. 집 문 앞에 놓여 있는 것은 시의 무덤이

다. 하루가 지나고 이틀이 지난 날 집 문 앞에 배달
된 땡감 같은 시가 익어 홍시로 남는다.
　　　　　　　　　　　　　　　── 「택배」 전문

　인용 시 「택배」에서 '꽃술의 맛', 즉 '꿀'이라는 물의 이
미지와 '나비'라는 공기 이미지를 합일하여 그려 냈다. 코
로나19 팬데믹 시절 두문불출하면서도 온라인으로 시집을
주문하고, 택배로 받아 읽는 풍경을 그려 낸 시이다. 시적
화자는 "엘리베이터 문은 열리지 않는다."라며 아파트 출
입의 수단인 승강기의 중요성을 강조한다. 승강기 문의 열
림과 닫힘의 이항 대립을 통해 단절된 삶을 표현한 것이다.
"토요일 오후 시를 읽는 나비는 엘리베이터에 매달린 시의
꽃술을 맛보았다. 집 문 앞에 놓여 있는 것은 시의 무덤이
다."라는 묘사는 매우 탁월하다. 시를 읽는 나비는 누구일
까? 시 읽기를 좋아하는 사람은 시적 화자일 수도 있고, 시
적 화자가 투사한 다른 사람일 수도 있다. 여기서 시를 읽는
나비가 주체이든 객체이든 그보다 이미지를 형상화해 나가
는 탁월한 기교에 주목해야 제대로 감상할 수 있다. 더불어
"하루가 지나고 이틀이 지난날 집 문 앞에 배달된 땡감 같
은 시가 익어 홍시로 남는다."라는 결부도 매우 탁월한 묘
사이다.
　시 「외출」은 물의 이미지와는 거리가 멀지만, 이미지 형

상화 측면에서 간략히 읽어 본다. "아침에 외출을 나간다. 지하철을 타고, / 태양은 순찰차를 타고 집으로 온다."라는 묘사는 치매 할머니의 외출할 때의 모습, 길 잃음과 귀가할 때의 이미지를 형상화한 것이다.

4. 가슴으로 쓴 그리움의 시

정 시인은 이번 시집에 돌아가신 어머니와 아버지, 이국땅에서 사는 형, 국민(초등)학교 스승이신 오규원 시인에 대한 그리움의 시를 수록해 놓았다. 가슴으로 쓴 시이다.

> 어머니는 더운 날에도, 아버지는 더운 날에도, 중국으로 일본으로 보따리 장사를 하는 날에도 천문학자를 꿈꾸는 자식을 염려하고, 어머니는 체력이 떨어져 이삿짐을 싸는 것이 힘드시고, 아버지는 어머니가 돌아가신 후 바둑으로 소일을 하면서 냉장고에 있는 소주를 조금씩 마시곤 한다. 아버지의 금고에 든 오만 원. 영안실에서 싸늘한 시신의 이마에는 땀방울이 번쩍거리고, 진해 천자봉으로 향하는 버스에서 미국에서 잠시 나온 형의 키가 커 보여 형은 나를 어린 아이처럼 대하고, 아버지가 천자봉 무덤에서 걸어 나온다.
>
> ― 「천자봉 가는 길」 전문

인용 시 「천자봉 가는 길」은 어머니와 아버지를 회고하는 그리움의 산문시이다. 즉, 회고적 시점의 독백적 진술 시이다. 시적 화자는 "어머니는 더운 날에도, 아버지는 더운 날에도, 중국으로 일본으로 보따리 장사를 하는 날에도 천문학자를 꿈꾸는 자식을 염려"했다며 어머니와 아버지의 치열한 삶을 말하면서 자식 뒷바라지에 최선을 다한 감사의 마음을 풀어놓는다. 하지만 천문학자를 꿈꾼 형의 뒷바라지를 더 중시한 어버이에 대한 서운한 마음도 함께 담았다. 어머니 뒤를 이어 떠나신 아버지에 대한 그리움이 더 깊은 듯하다. 결부의 "진해 천자봉으로 향하는 버스에서 미국에서 잠시 나온 형의 키가 커 보여 형은 나를 어린아이처럼 대하고, 아버지가 천자봉 무덤에서 걸어 나온다."라며 진술한다. 시적 화자는 아버지를 진해 천자봉공원묘원에 모셨다. 장례식을 위해 미국에서 잠시 귀향한 형은 시적 화자를 어린아이처럼 대하듯 했다며 회고한다. 아버지에 대한 그리움이 깊은 날에는 천자봉 무덤에서 걸어 나온다고 인식한다.

　　연어처럼 강을 따라 형은 돌아오지 않는다. 나의 뺨을 찰싹 때리던 형을 기억한다. 방 안에 누운 형은 목이 말라 약을 가져오라고 한다. 주머니에 돈은 있다. 시장에서 팥을 산다. 냄비에 팥을 넣어 삶는다. 멥쌀은 익어도 팥은 익지 않아 형은 팥을 멀리

하고, 형을 위해 지은 밥을 버린다. 강물에 팥밥을
띄워 형이 고향으로 돌아오기를 기다리고, 이민 간
형은 TV 화면 아래 누워 형수를 올려본다.

ㅡ 「형」 전문

인용 시 「형」은 어릴 적 형의 모습을 회억하면서 이민 간
형의 삶을 표현한다. 시적 화자는 "연어처럼 강을 따라 형
은 돌아오지 않는다."라며 이민 간 형이 고향으로 돌아오지
않는다고 표현한다. 어릴 적에 "나의 뺨을 찰싹 때리던 형
을 기억한다."라며 형에 대한 부정적 기억이 강하게 자리
잡고 있음을 말한다. 형이 방 안에 누워 약을 가져오라고 하
던 기억, 그때 주머니에 돈이 있어 시장에서 팥을 사서 냄비
에 팥을 넣어 삶았던 기억, 형을 위해 지은 설익은 팥밥을
버린 기억 등을 회억한다. 형에 대한 기억이 파편으로 남아
있다. 형에 대한 그리움은 기억의 파편만큼 가슴속에 차곡
차곡 쌓여 있다. 결국, 시적 화자는 그리움을 지울 수 있는
만남을 염원하며 "강물에 팥밥을 띄워 형이 고향으로 돌아
오기를 기다"린다. 하지만 "이민 간 형은 TV 화면 아래 누
워 형수를 올려"보는 환자 신세로서 살아서는 회귀할 수 없
음을 말한다. 이는 도입부에서 "연어처럼 강을 따라 형은
돌아오지 않는다."라며 고향(모태)으로의 회귀 본능에 제
약이 있음을 암시한다. 결부에서 "이민 간 형은 TV 화면 아

래 누워 형수를 올려본다."라며 회귀 본능이 작동할 수 없음을 묘사한다.

> 딱 한 번 서울예전으로 전화를 했어요. 마침 선생님은 출타 중이었어요. 수목장 소식은 신문을 통해 접했고요. 문득 선생님의 시집 제목 "왕자가 아닌 한 아이에게"가 이상하다 싶어 꼼꼼히 읽었죠. 흥미도 없고 해서 시집을 버렸어요. 모자람을 묘사한 짜증인 듯했어요. 볼펜을 발가락으로 쓴다고 표현한 우둔함은 여전하지요. 늦은 답장을 초목장 묘지로 보냅니다. 선생님의 얼굴을 가리던 회초리가 가끔, 학장동에 있는 논두렁 학교의 뒷문을 통해 빠져나가는 초가에서 선생님과의 동거는 행복했어요. 선생은 왕자가 아닌 아이의 연인, 보고 싶네요.
>
> ― 「편지」 전문

인용 시 「편지」는 사실을 바탕으로 한 시이다. 시의 속성인 허구와 거리감이 있지만, 정 시인이 진심 어린 마음을 담아 오규원 시인에게 보내는 편지 답장 형식의 시이다. 정 시인이 국민(초등) 학생 때 오규원 시인이 교사로 재직했다. 정 시인과 오규원 시인은 학교 근처 초가에서 수개월 동안 함께 동거한 적이 있다. 시에 동거의 사연을 선명하게 드러내지 않았지만, 사실 관계만은 명확하게 진술했다.

정 시인은 "딱 한 번 서울예전으로 전화를 했어요. 마침 선생님은 출타 중이었어요."라며 생전에 오규원 시인에게 전화한 것을 진술한다. 그 뒤 "수목장 소식은 신문을 통해 접했고요."라며 더는 만날 수 없음을 말한다. 언젠가 "문득 선생님의 시집 제목 『왕자가 아닌 한 아이에게』가 이상하다 싶어 꼼꼼히 읽었죠. 흥미도 없고 해서 시집을 버렸어요. 모 자람을 묘사한 짜증인 듯했어요."라며 오규원 시인에게 섭섭한 마음을 전한다. 그 이유는 시에서 "볼펜을 발가락으로 쓴다"라며 자기를 비하한 시라고 추측한 결과 짜증이 났다는 의미이다. 아직도 "우둔함은 여전하지요."라며 말한다. "늦은 답장을 초목장 묘지로 보냅니다."라며 자기를 모티프로 삼은 편지 형식의 시에 대한 답장임을 말한다. 그리고 "선생님의 얼굴을 가리던 회초리가 가끔, 학장동에 있는 논두렁 학교의 뒷문을 통해 빠져나가는 초가에서 선생님과의 동거는 행복했어요. 선생은 왕자가 아닌 아이의 연인, 보고 싶네요."라며 속마음을 전한다.

인용 시를 읽다 보면, 오규원 시인의 교육자다운 모습과 회초리라는 폭력성도 함께 겹쳐 보인다. 지금과 달리 그 당시는 학교나 가정에서 훈육 차원의 회초리를 묵인하던 시대임을 고려해서 읽어야 할 것이다. 예나 지금이나 분명한 것은 폭력 행위를 정당화할 수는 없는 문제이다.

여기서 오규원 시인의 『왕자가 아닌 한 아이에게』(1978)

에 수록된 '양평동 7'이라는 부제를 단 시 「네 개의 편지」의 네 번째 소제목 '왕자가 아닌 한 아이에게'라는 편지 형식의 시 일부를 읽어 본다.

> 볼펜을 발꾸락에 끼워놓고 나를 본다
> 이 우스꽝스러운 나의 방법 앞에서
> 볼펜을 모르는 발꾸락의 우둔함을 위하여
> 볼펜을 모르는 발꾸락의 황당무계함을 위하여
> 그 볼펜을 낀 나의 발꾸락의 아픔을
> 내가 노래하나니
> 세상은 무사무사하여라.
> ― 오규원, 「네 개의 편지」, '왕자가 아닌 한 아이에
> 게' 일부

오규원 시인의 인용 시는 편지 형식을 빌린 자아 성찰과 반성을 진술하면서 미래를 희구(세상은 무사무사하여라.)하는 기원적 시점의 독백 시이다. 즉, 기원적 시점의 독백적 진술 시이다. 정 시인이나 타인을 폄훼한 내용이 아님은 분명하다. 시는 읽는 자가 처한 상황에 따라 달리 읽히기도 한다. 이것이 시의 묘미이다. 오규원 시인 스스로 성찰과 반성하는 마음가짐으로 '한 아이'에게 편지를 쓴 것이다. '한 아이'는 정 시인이 모티프일 수도 있지만, 수많은 제자 가운데 한 명일 수도 있고, 불특정 다수의 독자를 의미하는 것일

수도 있고, 부제의 지명처럼 양평동의 한 아이일 수도 있다. 이런 근거는 앞선 세 편지 제목(베드로에게, 유리창과 안개에게, 한국에게)과 본문에서 읽어 낼 수 있다. 또한, 부제 중심의 '양평동' 연작시로서 오규원 시인이 미주에 서울 영등포구 양평동(楊坪洞)임을 밝혔기에 부산 학장동과는 거리가 멀다.

앞의 인용 시 「편지」는 정 시인이 오규원 시인에게 인연과 그리움을 표현한 편지 답장 형식의 시로서 가치가 있다고 평가해 본다.

5. 나가기

앞에서 정웅규 시인의 제3시집 『생선 가시에 걸린 봄』을 '형상화로 그려 낸 삶의 수채화'라는 제목으로 읽어 보았다. 이 시집에 수록한 시의 세 가지 특징은 다음과 같다. 첫 번째는 대부분 짧은 산문시이다. 두 번째는 이미지를 형상화한 이미지즘 시이다. 세 번째는 그리움의 시이다.

정 시인은 이번 시집에서 짧은 산문시에 많은 이야기를 타진해 놓았고, 서민의 희로애락을 곳곳에 장치해 놓았음을 읽어 보았다. 이미지, 특히 물의 이미지와 함께 이에 합일하는 이미지를 형상화해 나가는 시적 역량과 시인의 책무를 성실히 수행하였음도 읽어 보았다. 그리움의 시를 통해 산 자와 죽은 자의 관계, 모태로의 회귀 본능을 장치한 시적 역량도 읽어 보았다. 특히 정웅규 시인은 형상화에 탁월한 시적 역량을 보였다. 달리 말하면, 산문시가 갖춰야 하는 '리듬, 서정, 묘사'와 이미지즘 시가 갖춰야 하는 '회화성, 음악성'을 능숙하게 시 속에 잘 버무려 넣었다. 이런 탁월한 시적 역량에 찬사를 보낸다.

성공적인 제3시집의 상재를 진심으로 축하드린다. 긴 호흡의 제4시집을 기대해 본다.

생선 가시에 걸린 봄

2023년 7월 25일 인쇄
2023년 7월 28일 발행

지은이 │ 정웅규
펴낸이 │ 박중열
펴낸곳 │ 다솜출판사
　　　　　부산광역시 중구 대청로 135번길 10-1
　　　　　TEL.(051)462-7207~8 FAX. 465-0646
등록번호 　1994년 4월 22일 제325-2001-000001호

ISBN 978-89-5562-748-9 03810

※ 본 도서는 한국예술인복지재단 2023년 상반기 창작준비금지원사업
　선정으로 발간하였습니다.